Reinhard Minkewitz

Reinhard Minkewitz

MIRABELLENDÄMMERUNG

Icon
2002
Öl auf Leinwand
800 x 700 cm

Mirabellendämmerung

Winckelmann, Verkünder einer weißen Antike, das nimmt man verwundert zur Kenntnis, war nie in Griechenland; Gottfried Semper, der Wiederentdecker des, daß die Antike farbig, ja bunt war, hat jung schon griechischen Boden betreten. Sempers Griechenland kommt dem Jahrhundert des Expressionismus, fast unserem also, wohl mehr entgegen als das der „edlen Einfalt, stillen Größe". Doch neigt Reinhard Minkewitz wieder Johann Joachim Winckelmann zu. Minkewitz liebt das reine Weiß, nicht weniger dessen Widerpart, reines Schwarz, das, wir wissen es seit Frans Hals und Manet, auch eine reiche Farbe ist. Und wie hat der Suprematismus des Kasimir Malewitsch beides ausbalanciert!

Gerhart Hauptmann und Hugo von Hofmannsthal und Theodor Däubler waren Griechenland-Begeisterte im deutschen Olymp. Dann stiegen Marie Luise Kaschnitz und Erhart Kästner hinan, beide vom Künstler gelesen, geliebt. Zum Schluß Zbigniew Herbert, der Pole, mit seinem griechischen Tagebuch: „Vaterland der Mythen". Ein Lieblingswort der Kaschnitz war „Mirabellendämmerung". Nun also leis eine Farbe, zugleich eine ins Kalte wie auch ins Warme spielende. Minkewitz hat es zum Titel seines graphischen Zyklus gewählt. Das erste Blatt der Folge aber ist das Meer, nichts als das Meer. Hat er's geträumt oder hat er's bei Kästner gelesen? – Bei Kästner „gesehen".

„Im immer zunehmenden Gestöber der Helle bekam das Meer einen bleiern schwärzlichen, schwerflüssigen Glanz. Die Wellenriffeln gaben ihm eine Narbung, so wie sie Tierhaut und edles Leder besitzt. Wo aber die Sonnenstraße ihren Funkensturm herwälzte, schien es metallen geprägt". So lebt es in Kästners „Lesbos".

Es soll noch einmal anfluten, das Meer. Aber da behauptet sich, zwischen dem endlosen Wasser, der Mensch. Als Koros, als Kore? Das wäre Archaik, doch unser Künstler steht mehr auf der Seite des Hellenismus und dessen Grazie. Wenn die Figur, die Karyatide, aufrecht, gestreckt zwischen Himmel und Erde, die Bildfläche teilt, den Körper spannt, einen unsichtbaren Architrav zu tragen, offenbart sich dem Betrachter das scheinbare Paradox keuscher Sinnlichkeit. – Das Paar, das sich umarmend einander stützt, wird füglich zu einer menschlichen Architektur. – Der Gestus des Stehens, Gehens, Sitzens ist tänzerisch.

Reinhard Minkewitz, geboren in bereits der zweiten Hälfte des zwanzigsten Jahrhunderts, hat das Glück und den Fluch, vieles was vor ihm war, zu kennen; Archaik, Klassik, Hellenismus werden ihm – in der Moderne – als „die" Antike eins. Sie ist aller abendländischen Künste Mutter, das Mittelalter gar nicht weit.

So sei dem Schreiber dieser Zeilen ein vielleicht kühner Sprung erlaubt, die Vermutung nämlich, daß der Leipziger Künstler, in Magdeburg geboren, in seiner prägenden Kindheit die plastischen Bildwerke des Domes erlebt hat, die strenge bronzene Grabplatte des Erzbischofs Friedrich von Wettin (um 1150) und die graziösen Klugen Jungfrauen aus Sandstein (ein Jahrhundert danach).

Aber er muß das alles, alles das, nicht „studiert" haben, es kann ihm zugeflogen sein durch einen Meister, der noch sein Zeitgenosse war, und Gerhard Marcks war das bis zum Tod im Jahre 1981. Der Bildhauer, 1889 geboren, entstammte dem selben Jahrgang wie Willi Baumeister, den er um mehrere Dezennien überlebte. Kaum würde man gedacht haben, daß Gerhard Marcks so geradezu schulebildend gewirkt hat, die Dresdner Graphiker Hans Theo Richter und Gerhard Kettner sich auf ihn berufen konnten wie dann Richters Enkelschüler Reinhard Minkewitz.

Doch, siehe oben, ist Minkewitz selbst längst ein Meister, der frei mit dem Welt-Vorrat der Vergangenheit schaltet und waltet. Und so ist hin und wieder der Mensch seiner Kunst-Personnage auch skelettierende und geknotete Linie, wie seit der Erfindung der Drahtplastik, seit Alexander Calder, ein Jahrzehnt jünger als Marcks.

Der Unsere versteht sich in der Hauptsache als Graphiker; Radierer und Holzschneider, zuletzt mehr als Radierer. Doch er ist ebenso Maler und Plastiker, Keramiker und Buchkünstler. Das Kassettenwerk der „Mirabellendämmerung" folgt dem der „Lichtungen", das mit der monumentalen Anzahl von 40 Blättern und seinen differenziert ausgespielten Varietäten ein Arsenal der druckgraphischen Möglichkeiten darstellt. „Mirabellendämmerung" ist dessen reizendes kleines Geschwister.

Dieter Hoffmann

Eos
2003
Bleistift auf Bütten
425 x 302 cm

MIRABELLENDÄMMERUNG

12 Radierungen

Mirabellendämmerung	*eigene Stunde*
Galene	*Windstille*
Kore	*lebendige Säule*
Hekate	*Begegnerin*
Kastalia	*Quelle*
Eros	*Anzünder*
Ino	*Frühlicht*
Aegina	*Insel*
Eos	*Morgenröte*
Karyatide	*tragende Säule*
Selene	*Gezeiten*
Skylla	*Fresserin*

Mirabellendämmerung
2003
Radierung
405 x 305 cm

Galene
2003
Radierung
305 x 405 cm

Kore
2003
Radierung
405 x 305 cm

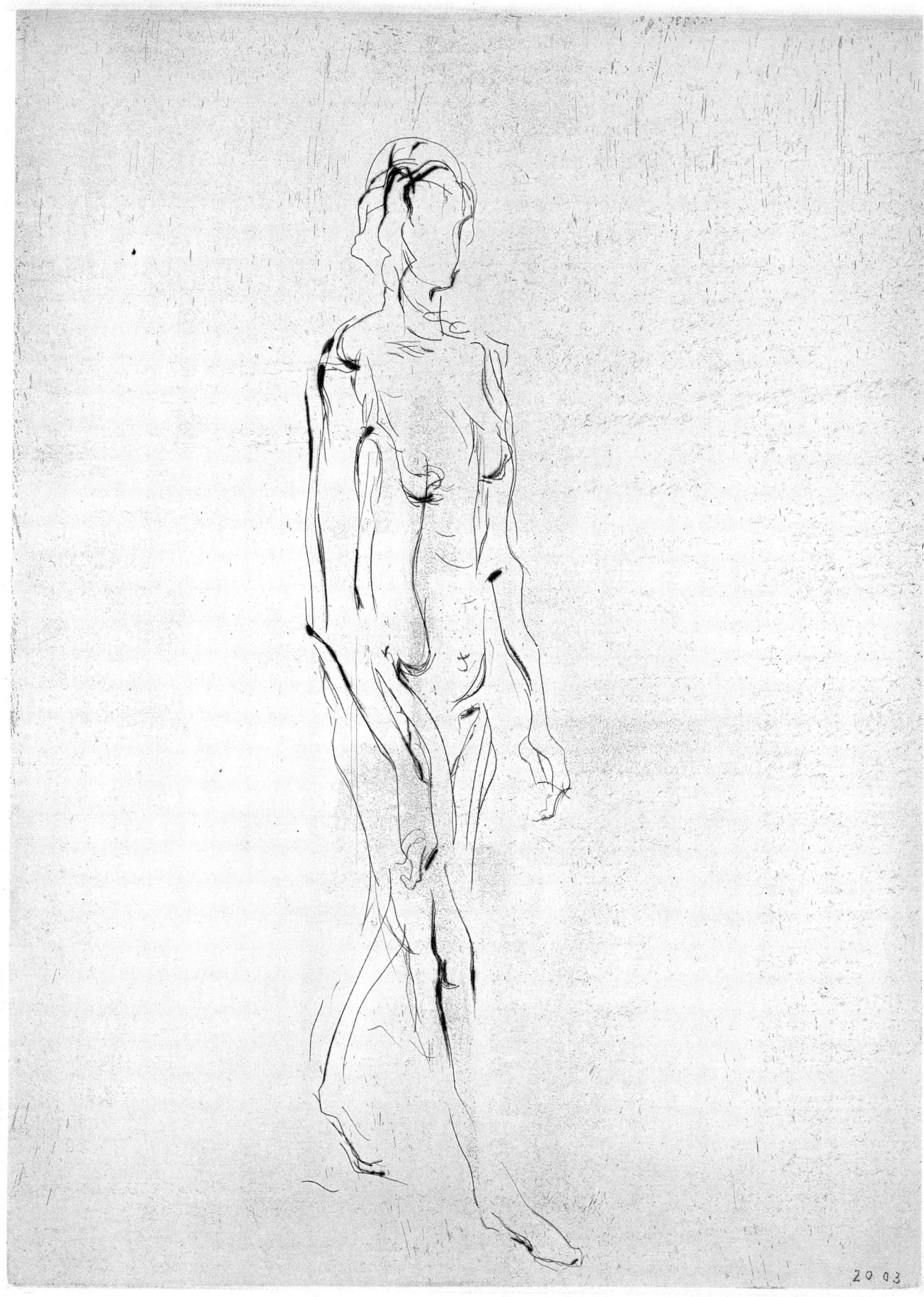

Seite 14
Hekate
2003
Radierung
405 x 305 cm

Seite 15
Kastalia
2003
Radierung
405 x 305 cm

Eros
2003
Radierung
405 x 305 cm

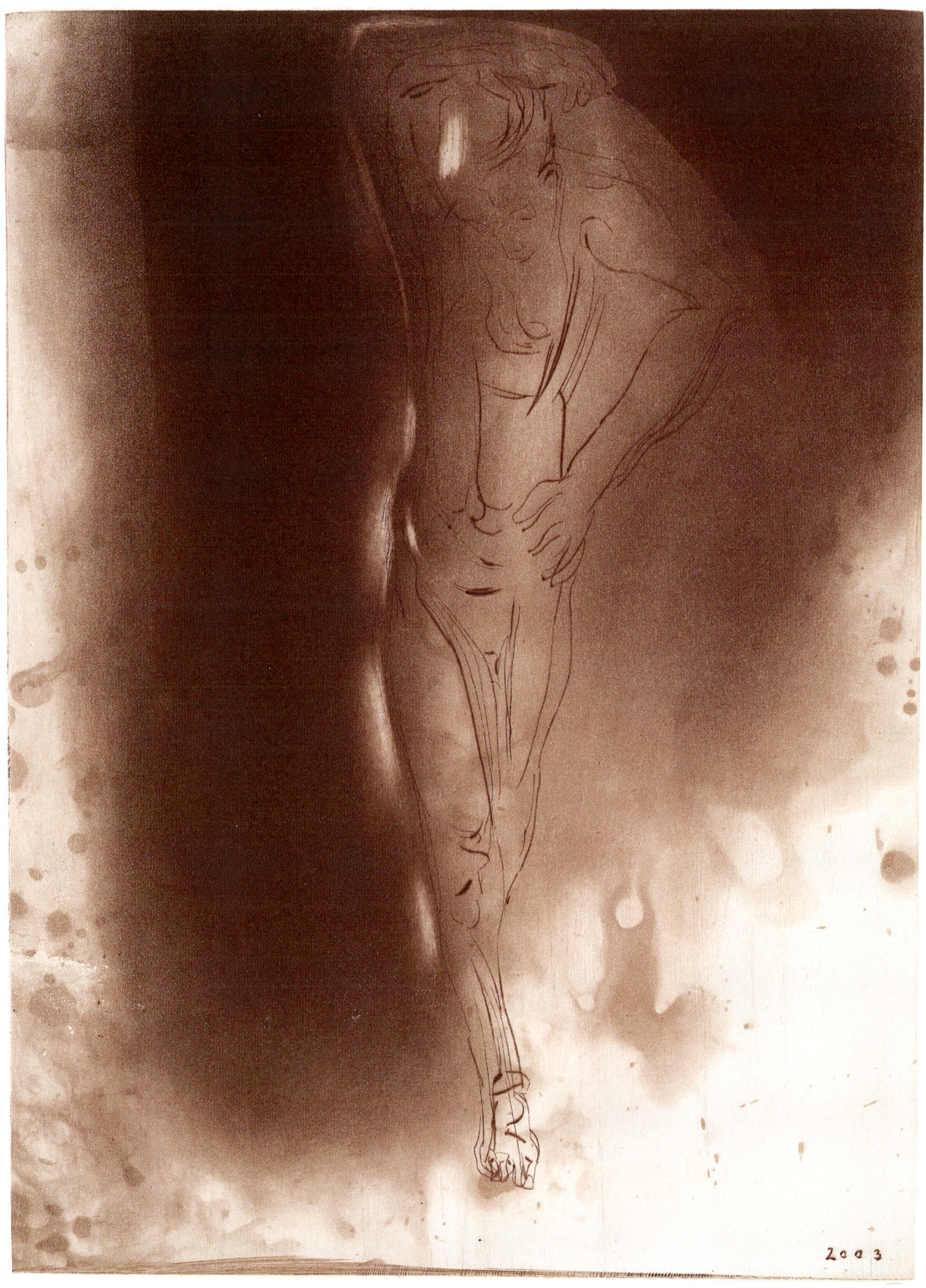

Ino
2003
Radierung
405 x 305 cm

Seite 20
Aegina
2003
Radierung
405 x 305 cm

Seite 21
Eos
2003
Radierung
405 x 305 cm

Karyatide
2003
Radierung
405 x 305 cm

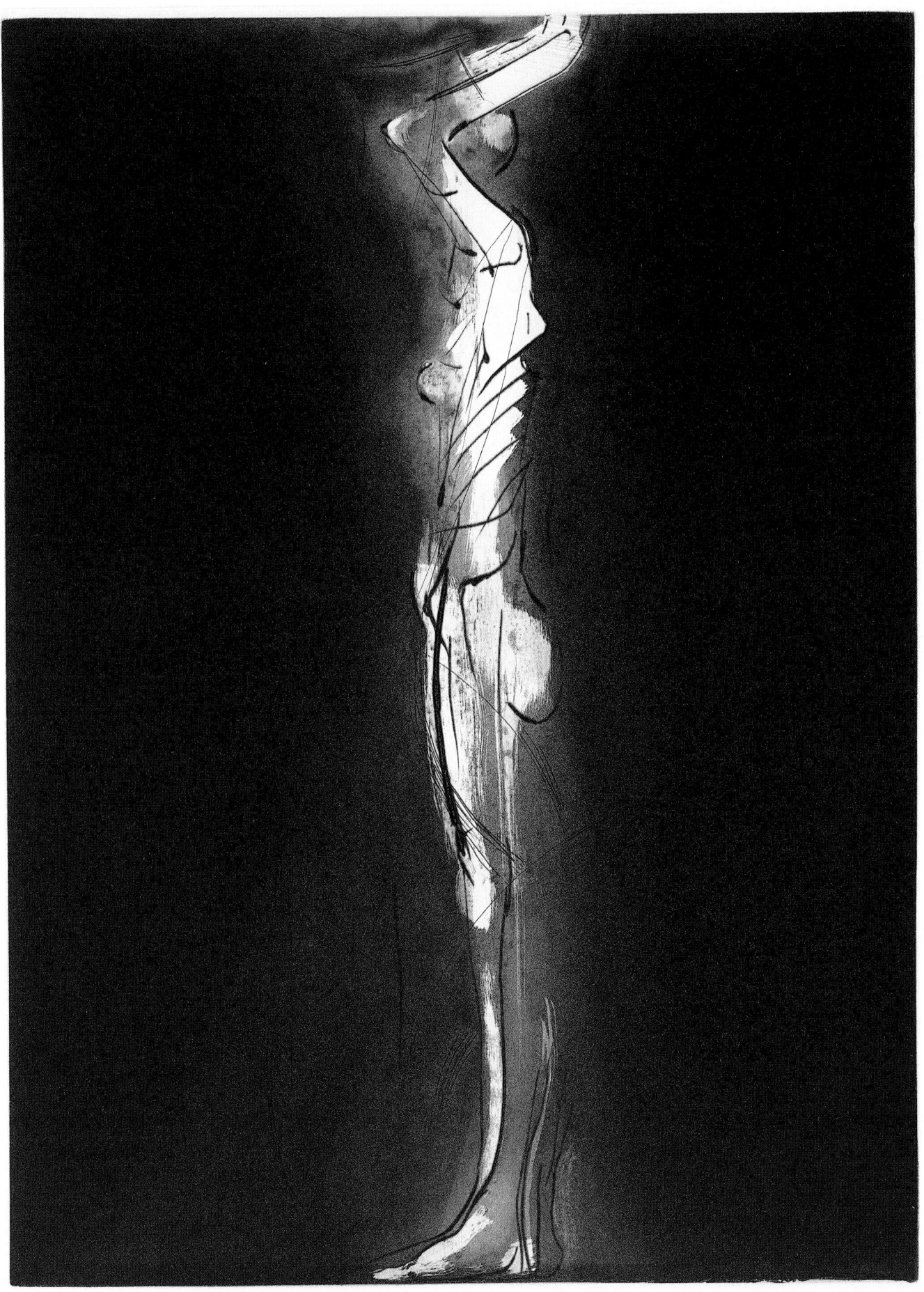

Selene
2003
Radierung
305 x 405 cm

Seite 28
Eos
2003
Bleistift auf Bütten
426 x 302 cm

Seite 29
Ino
2002
Bleistift auf Bütten
426 x 302 cm

Skylla
2003
Radierung
168 x 120 cm

Trockener September
1998
Edelstahl, lasergeschnitten
1980 x 1000 x 800 cm

Reinhard Minkewitz

Biographie

1957	in Magdeburg geboren
	Kindheit und Jugend in Berlin, Abitur
1979–1984	Studium an der Hochschule für Grafik und Buchkunst in Leipzig, bei Prof. Rolf Kuhrt, Diplom
1984–1986	Förderstipendium der Städtischen Bühnen Leipzig
1986 und 1989	Preisträger „100 ausgewählten Grafiken"
1987–1989	Meisterschüler bei Prof. Gerhard Kettner, Dresden
1995	Arbeitsaufenthalt als Gast des Goethe-Instituts Manchester und der Lancaster University, „German Artist in Residence" in Lancaster und Liverpool
1996	5. Sächsisches Druckgrafik-Symposion in Hohenossig
	Grafikpreis der Dresdner Bank, „100 sächsische Grafiken", Chemnitz
1990–1996	Künstlerischer Assistent für figürliche Zeichnung, Aktzeichnung im Fachbereich Malerei/Grafik an der Hochschule für Grafik und Buchkunst, Leipzig
	seitdem freischaffend in Leipzig tätig

Arbeiten in öffentlichen Sammlungen

Altenburg	Lindenau-Museum Altenburg
Berlin	Kupferstichkabinett Staatliche Museen zu Berlin – Preußischer Kulturbesitz
Borna	Stadtmuseum Borna
Chemnitz	Neue Sächsische Galerie
Dresden	Staatliche Kunstsammlungen Dresden, Kupferstich-Kabinett
	Sächsische Landesbibliothek
Lancaster	Peter Scott – Galerie,
	Sammlung der Lancaster University
Leipzig	Museum der bildenden Künste Leipzig
	Museum für Kunsthandwerk /Grassimuseum Leipzig
	Buch-und Schriftmuseum der Deutschen Bücherei Leipzig
	Stadtgeschichtliches Museum Leipzig
	Sparkasse Leipzig
Offenbach	Klingspor-Museum
Santa Monica	Getty-Museum
Scheveningen	Museum Beelden aan Zee, Skulpturen am Meer

Einzelaustellungen (Auswahl)

1986	Galerie Theaterpassage, Leipzig (P)
1990	Kreissparkasse Recklinghausen (P, F)
1991	Galerie am Sachsenplatz, Leipzig (P, F)
1993	Galerie am Sachsenplatz, Leipzig (P, K)
1994	Westphalsches Haus, Markkleeberg (P)
1995	Peter Scott Gallery, Lancaster
	Leipziger Stadtbibliothek (F, K, P)
	Kronacher Kunstverein, Galerie am Kloster (K, P)
	Fürst Pückler Museum, Park und Schloß Branitz (K, P)
1997	Deutsches Buch- und Schriftmuseum, Leipzig (K, P)
	Galerie am Sachsenplatz, Leipzig (K, P)
1998	Literaturhaus Magdeburg
	Regierungspräsidium Leipzig
	Göpfersdorfer Pferdestall, Göpfersdorf
1999	Kunstverein Panitzsch
2002	Galerie Leipziger Hof
2002	Orangerie am Schloß Rheda, Rheda-Wiedenbrück (K)

Umarmt von Dunkelheit
1999
Stahl, lasergeschnitten
1260 x 360 x 360 cm

Gruppenausstellungen (Auswahl)

1986–1990	„100 Ausgewählte Grafiken" (K)
1987	„100 Ausgewählte Grafiken" Preisträgerausstellung (K)
	„Das Meer", Königliche Akademie der Künste, Stockholm (K)
	X. Kunstausstellung der DDR, Dresden (K)
1987/90	Intergrafik Berlin (K)
1989	„Zeichnungen der DDR", Museum der bildenden Künste, Leipzig (K)
	„Zeichnungen aus 40 Jahren", Akademie der Künste, Berlin (K)
1990	„Tradition und Innovation", Kupferstichkabinett Dresden, Museum Morsbroich Leverkusen, Kunsthalle Hamburg (K)
1991	„Leipzig nach der Schule", Kunstkreis Hameln (K)
1993	„Leipziger Jahresausstellung", Grassimuseum, Leipzig (K)
1994	„Zeit-Blick – Kunstlandschaft in Sachsen", Dresdner Schloß (K)
	Triennale '94, Krakau (K)
1994/95	„Körperbilder – Menschenbilder", Hygienemuseum Dresden (K)
1995	„Deutsche Zeichner aus dem Osten", Hans Thoma-Gesellschaft / Kunstverein Reutlingen (K)
1996	„Arbeiten auf Papier, Lehrer und Schüler der Leipziger Hochschule für Grafik und Buchkunst", Kunstverein Coburg e.V. (K)
	„Bilder in Ton", Leipziger Künstler in Schaddel: Keramische Arbeiten / Museum für Kunsthandwerk, Grassimuseum Leipzig (K)
1996/98	„100 sächsische Grafiken", Neue Sächsische Galerie Chemnitz (K)
1997/2000	„Leipziger Kunst 1945 – 1995", Leipzig, Nürnberg, (K)
1998	„Leipziger Jahresausstellung", Handelshof, Leipzig (K)
1999	International biennial of graphic art, Ljubljana (K)
	„Leipziger Jahresausstellung", Handelshof, Leipzig (K)
	„Grassimesse 1999", Museum für Kunsthandwerk / Grassimuseum Leipzig (K)
2000	„Auf den Punkt gebracht – Porzellane für Meissen – Max Adolf Pfeiffer zu Ehren", Museum für Kunsthandwerk / Grassimuseum, Leipzig (K)
2000/01/03	„Die Leipziger Schule – Blick in die Sammlung I/II/III", Kunsthalle der Sparkasse Leipzig, (K)
2003	„Das unendliche Blau – Altenbourg, Baselitz, Mattheuer, Minkewitz, Richter, Zettl", Darßer Arche, Wiek
2004	„Richter · Kettner · Minkewitz", Ernst-Rietschel-Kulturring e.V., Pulsnitz (F)

(K) = Katalog, (F) = Faltblatt, (P) = Plakat

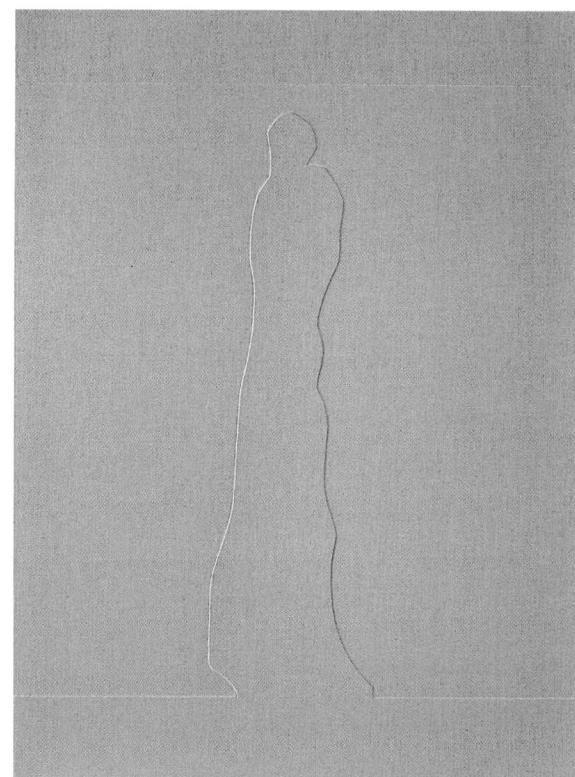

Mirabellendämmerung,
Relieffigur auf Kassettendeckel
2004
Ganzleinen
710 x 530 x 30 cm

Reinhard Minkewitz
MIRABELLENDÄMMERUNG

Der Katalog erscheint anläßlich der Ausstellung „Reinhard Minkewitz – MIRABELLENDÄMMERUNG – Kassettenwerk, Stahlskulpturen, Gemälde, Handzeichnungen", die vom 16. September bis 15. Oktober 2004 in den Räumen der Sparkasse Delitzsch–Eilenburg gezeigt wird.

Text	Dieter Hoffmann
Gestaltung	Thomas Liebscher Reinhard Minkewitz
Kunstreproduktionen	Marion Wenzel
Satz und Herstellung	Passage-Verlag Leipzig
Scans	grafotex Leipzig
Druck	Klingenberg Buchkunst Leipzig GmbH
Bindung	Kunst- und Verlagsbuchbinderei GmbH Leipzig
Auflage	500 Exemplare
Umschlagmotiv	Eros, 2003 Ausschnitt Bleistift auf Bütten 400 x 312 cm
Frontispiz	Kore, 2002 Tusche auf Bütten 381 x 282 cm
© der Auflage	bei den Bild- und Textautoren
Passage-Verlag	ISBN 3-932900-94-4